Vente des 24, 25 et 26 Avril 1865

CABINET

DE FEU

M. EUGÈNE TONDU

DESSINS ANCIENS & MODERNES

EXPOSITIONS { PARTICULIÈRE, le Samedi 22 Avril 1865
PUBLIQUE, le Dimanche 23 Avril 1865

Mᵉ Ch. **PILLET**, Commissaire-Priseur

M. **FEBVRE**, Expert

PARIS. IMPRIMERIE DE PILLET FILS AINÉ

5, RUE DES GRANDS-AUGUSTINS.

CATALOGUE

DE

DESSINS

ANCIENS & MODERNES

GOUACHES,
MINIATURES SUR VÉLIN, CRAYONS, PASTELS & AQUARELLES, &c.

EN PARTIE DES MAITRES DU XVIII° SIÈCLE

Provenant du Cabinet de feu M. Eugène TONDU

DONT LA VENTE AUX ENCHÈRES PUBLIQUES AURA LIEU

APRÈS DÉCÈS

HOTEL DROUOT, SALLE N° 7

Les Lundi 24, Mardi 25 et Mercredi 26 Avril 1865

A UNE HEURE ET DEMIE

Par le ministère de M° **CHARLES PILLET**, Commissaire-Priseur,
rue de Choiseul, 11,

Assisté de M. **FEBVRE**, Expert, rue Laffitte, 12,

Chez lesquels se trouve le présent Catalogue.

EXPOSITIONS
PARTICULIÈRE, le Samedi 22 Avril 1865,
PUBLIQUE, le Dimanche 23 Avril 1865,

De une heure à cinq heures.

NOTA. Le présent catalogue dispense de carte d'entrée. — Nous rappellerons
que les miniatures cataloguées avec les curiosités seront vendues les 27, 28 et
29 avril, même salle.

CONDITIONS DE LA VENTE

Elle sera faite au comptant.

Les adjudicataires payeront *cinq pour cent* en sus des enchères, applicables aux frais.

Paris. — Imprimerie de PILLET fils aîné, rue des Grands-Augustins, 5.

AVERTISSEMENT

Pour ne pas grossir outre mesure un catalogue que le grand nombre des dessins qui composent cette collection rendait déjà volumineux, nous avons cru devoir nous abstenir de toute description et de tout éloge. Mais nous nous réservions de signaler, ici, quelques-uns des plus importants parmi les dessins du cabinet de feu M. Eug. Tondu.

M. Eug. Tondu n'est plus un inconnu pour nous. On a pu remarquer à la vente de ses tableaux que son goût naturel le portait vers les maîtres de l'École française au XVIIIe siècle. Cette prédilection particulière se retrouve plus fortement accusée encore dans le choix de ses dessins. Les meilleurs et les plus nombreux appartiennent, en effet, à cette École qui répond si bien au goût du jour.

C'est dire assez que Watteau, Boucher, Baudoin, Bellier, Caresme, Charlier, Challe, Cochin, Eysen, Fragonard, Greuze, Lancret, Lagrenée, l'Épicié, Leprince, Lauwrence, Mallet, les Moreau, Nattier, Oudry, Van-Gorp et autres tiennent une large place dans notre catalogue.

Boucher n'y compte pas moins de trente numéros, et l'on sait le charme piquant que ce maître savait donner à toutes ses petites scènes qui se passent tantôt au milieu des nuages, entre des Amours et des Nymphes, tantôt dans de riches et coquets boudoirs tout garnis de meubles Pompadour.

Baudoin nous offre avec *les Amants surpris*, *la Fille mal gardée*, etc., la délicieuse composition du *Coucher de la Mariée*, que tout le monde connaît par la gravure.

Nous citerons aussi *le Pardon* de Mallet, œuvre touchante, toute remplie de sentiment, et où tant d'émotions diverses sont rendues avec une vérité saisissante.

Boilly nous fait assister à *l'Ouverture du Salon de 1807*. Dans une des grandes salles du Louvre est exposé le tableau du *Sacre de Napoléon I*, devant lequel se presse une foule d'admirateurs et de curieux. Cette aquarelle est, selon nous, une des œuvres capitales de ce Gavarni de son époque.

L'École moderne compte aussi de nombreux représentants dans la collection qui nous occupe. Nous nommerons en premier lieu Robert-Fleury, avec son Légat du pape ; ensuite Hippolyte Bellangé, dont on trouve des Batailles et autres sujets militaires ; puis Gavarni, toujours spirituel ; de Beaumont, Ary Scheffer, Prud'hon, Raffet, Charlet, Eugène Delacroix, Roqueplan, et quelques-uns encore dont les noms se recommandent d'eux-mêmes à l'attention des amateurs.

A. FEBVRE.

DÉSIGNATION

DESSINS DE L'ÉCOLE MODERNE

BELLANGÉ (Hippolyte)

1 — Cuirassier après la bataille.

Il tient un drapeau qu'il vient d'enlever à l'ennemi, et boit à la santé de l'Empereur que l'on voit passer au loin.

Aquarelle.

Œuvre capitale.

2 — Napoléon Ier au bivac.

Campagne de Russie.

Aquarelle rehaussée.

Signé 1846.

3 — Bataille.

Campagne de France, 1814.

Aquarelle.

Composition capitale.

4 — Scène enfantine.

Crayon.

BELLANGÉ (Hippolyte)

5 — Napoléon Ier à cheval.

Crayon.

6 — Une Voiture trop chargée.

Aquarelle.

BEAUMONT (Édouard de)

7 — La Rencontre au bal masqué.

Aquarelle.

CICÉRI (E.)

8 — Atelier de forgeron.

Aquarelle.

DELACROIX (Eugène)

9 — Mousquetaire.

Aquarelle.

10 — Le Martyre de saint Étienne.

Couleur.

GAVARNI

11 — Le Départ pour le bal.
Juillet 1842.

ISABEY (Eugène), 1845

12 — Pêcheurs poletais sur le bord de la mer.

> Aquarelle.

ISABEY (J.)

13 — Prés de Lonjumeau.

> Bistre.

RAFFET. Signé.

14 — Soldats en marche.

15 — La Veille d'une bataille.

> Sépia.

ROQUEPLAN (Camille)

16 — Intérieur d'une ville. Clair de lune.

> Pastel.

ROBERT-FLEURY. Signé.

17 — Le Duc de Richemont, connétable de France, discutant un traité avec le légat du pape.

Œuvre remarquable.

> Aquarelle.

18 — Pêcheur sur le bord de la mer.

SCHEFFER (Ary)

19 — Trois Croquis pour l'histoire de la révolution française.

20 — Cinq Dessins; sujets pour l'histoire de la révolution française.

VERBOEKHOVEN (Eugène)

21 — Animaux au repos.

Crayon.

VERNET (Horace)

22 — L'Atelier d'Horace.

Sujet lithographié. — Mine de plomb.

DESSINS ANCIENS

DES MAITRES DES XVII° ET XVIII° SIÈCLES

ADELINE

23 — Une Vue de la Galerie d'Apollon.

A la plume et à l'encre.

ALISART (J.-B.)

24 — La Fontaine d'amour.

Gouache.

SAUGER DE SAINT-AUBIN. D'après Titien.

25 — La Toilette de Vénus.

Couleur.

26 — Les Amateurs au Salon de 1787.

27 — Dix Dessins pour le livre intitulé : « le Fond du sac. »

Au bistre et à l'encre.

AUGUSTIN

28 — Portrait de Mme Swagers, femme du peintre.
Vente d'Augustin, 21 décembre 1839.

Crayon noir.

BAUDOUIN (Pierre-Antoine)

29 — L'Heureux Ménage.

Gouache.

30 — Les Amants surpris.

Gouache gravée.

31 — Une Scène de la Fille mal gardée.

Gouache.

32 — Louis XVI offrant un bouquet à Marie-Antoinette.

Gouache.

33 — Le Coucher de la mariée.
Ravissante composition.

Sujet gravé. — Gouache

BELLE

34 — Vue du Couvent des Franciscains, près de Rome.

A la plume et au bistre

BERNARD-PICARD

35 — Le Massacre des innocents.

Crayon.

BERTAUX-DUPLESSIS

36 — Une Émeute sur la place Maubert en 1788.

A la plume.

BELLIER

37 — Le Marchand de chansons.

Crayon.

BLAREMBERGHE (van). Attribué à

38 — Vue du Parc et du Château de Chantilly.

Gouache.

BOILLY (Louis-Léopold)

39 — L'Ouverture du Salon en 1807.

Dans la grande salle carrée est exposé le tableau du sacre

de Napoléon Ier ; devant cette toile est une foule immense en admiration.

Ce dessin à l'aquarelle est le plus capital du maître, et peut passer pour son chef-d'œuvre.

Cabinet de M. Hope.

BOILLY (Louis-Léopold)

40 — Portrait de ce maître, représenté debout dans un parc.

Gouache.

41 — Les Lavandières et les Porteurs d'eau à la fontaine.

A l'encre.

BOISSIEU (Jean-Jacques de)

42 — Étude d'arbre.

Bistre.

43 — Intérieur villageois.

Bistre.

44 — Un Buveur.

Son dernier dessin. — Crayon.

45 — Villageois en buste.

Aux trois crayons.

BOISSIEU (de). Attribué à

46 — Paysage. Site italien.

A l'encre de Chine.

BOREL

47 — La Déclaration. Scène pastorale.

Gouache.

BOUCHER (François)

48 — Jeune Fille jouant avec un chien.

Crayon, 1731.

49 — Jeune Fille jouant avec un chat.

Crayon, 1861.

50 — Tête de jeune Femme.

Trois crayons.

51 — Jeune Fille tenant une couronne de roses.

Trois crayons.

52 — Nymphe sur des nuages.

Gouache.

53 — Femme nue.

Deux crayons.

54 — Pan poursuivant Syrinx.

Miniature. Gouache.

Cabinet de M. Desbruges-Dumesnil.

55 — L'Éducation de l'oiseau.

Œuvre ravissante.   Crayon.

56 — Vénus couchée.

Trois crayons.

BOUCHER (FRANÇOIS)

57 — La Confidence.

Crayon rehaussé.

58 — Les Soins du Ménage.

Deux crayons.

59 — Villageoise entourée de ses Enfants.

Bistre.

60 — Jeune Femme tenant un panier de fleurs.

61 — Amour endormi et Nymphe.

Trois crayons.

62 — L'Assomption.

A l'huile.

63 — Cadre contenant deux dessins au crayon : La Pénitence, et Nymphe couchée.

64 — Amours tenant des guirlandes de roses.

Sanguine.

65 — Petite Bouquetière.

Trois crayons.

66 — Jeune Bergère.

Aquarelle et gouache.

66 *bis* — Tête de jeune Fille.

Crayon.

67 — Femme richement parée.

Gouache.

BOUCHER (François)

68 — Tête de jeune Femme.

Trois crayons.

68 *bis* — Cupidon.

Deux crayons.

69 — Villageoise et son Enfant.

Deux crayons.

70 — Tête de jeune Femme.

Trois crayons.

71 — Tête de jeune Femme.

Trois crayons.

72 — Vénus au bain.

Deux crayons.

73 — Junon et Argus.

Plume et bistre.

74 — Trois Têtes d'Amours.

Deux crayons.

75 — Tête de jeune Femme.

Deux crayons.

76 — Vénus et l'Amour.

Trois crayons.

77 — L'Offrande à l'Amour.

Trois crayons.

BOUCHER. Genre de.

78 — Deux Sujets mythologiques.

Crayon.

BOUCHER. D'après.

79 — Les Baigneuses.

Vélin.

BOUCHER. Ecole de.

80 — L'Attente.

BOUCHER. Attribué à.

81 — Buste de jeune Femme.

Pastel.

82 — Projet de plafond.

83 — Nymphes dans un paysage.

Pastel.

BRUANDET

84 — Entrée de Forêt.

Gouache.

CALLOT. Attribué à

85 — Une Fête dans un palais.

Bistre.

CARESME (Jacques)

86 — Faunes et Bacchantes.

Gouache.

CARESME (Jacques)

87 — L'Ivresse de Silène.

Crayons et bistre.

88 — Nymphes et Satyres.

Gouache.

89 — Amour pris dans un filet.

Aquarelle.

90 — Amour jardinier.

Aquarelle.

CARMONTELLE (L. C. de)

90 *bis* — Femme en buste.

Crayons.

CASANOVA

91 — L'Abreuvoir.

Deux crayons.

92 — Halte de voyageurs.

Bistre et crayon.

CHALLE (Charles)

93 — Jeune Femme lisant.

Crayon et bistre.

CHARLIER (Jacques)

94 — Nymphe et Amour.

Vélin.

CHARLIER (Jacques)

95 — Jeune Femme au bain.

Vélin.

96 — Composition connue sous le titre : « Le Bât de l'âne. »

97 — Jupiter et Léda.

Miniature et Gouache.

Collection Brunet-Denon.

98 — Nymphe et Amour.

Vélin.

CHATELET

99 — Vue de la place d'Armes et et l'entrée du château de Versailles.

COCHIN (C. N.)

100 — La Chambre de Lantara.

Sanguine

Vente Marcille.

101 — Composition allégorique.

Sanguine.

102 — Portrait d'homme en buste.

En couleur.

103 — Une Fête à Versailles.

A la plume et à l'encre.

COSTER-WALAYER. Attribué à.

104 — Fleurs dans un vase.

DEBUCOURT (Philippe-Jean)

105 — Jeune Fille près d'une fontaine. Fond de paysage.

Aquarelle.

Signé en toutes lettres, 1771.

DESPORTES. Genre de.

106 — Légumes, Fruits et Gibier.

Couleur.

DOVRAIN (Ch.)

107 — Paysage, avec ruines antiques.

Plume

DROLLING (Martin)

108 — Chambre rustique avec villageois.

En couleur.

DUPRÉ

109 — La Coupole de Saint-Pierre de Rome.

Gouache.

DUGOUR

110 — Le Lever de la Mariée.

Gouache gravée

DUVAL (H.), 1848.

111 — Six Dessins à la plume représentant des Paysages.

112 — Paysage.

A la plume.

113 — Paysage. Signé.

A la plume.

DUVIVIER, 1821.

114 — Madeleine repentante.

Bistre.

115 — La Fontaine.

Deux crayons.

116 — Chasseur et Bergers.

Deux crayons.

117 — Paysage, avec Figures et Animaux.

Crayon.

118 — Paysage. Pendant du précédent.

Crayon.

EISEN (Charles)

119 — L'Amour cherchant une victime.

EISEN (Charles)

120 — Baigneuses.

121 — Le Chien savant.

Trois crayons.

122 — La Balançoire.

Crayon.

123 — Scène pastorale.

Sanguine.

124 — Sujet mythologique.

Sanguine.

125 — L'Agriculture.

Lavis.

FAR (Eustache de Saint-)

126 — Le Décintrement du pont de Neuilly, le 22 septembre 1772.

Composition capitale offrant plusieurs milliers de personnages.

Sujet gravé. — Gouache.

FRAGONARD (Honoré)

127 — Intérieur de Parc.

A droite, des charmilles; au centre, une cascade; sur le devant, une nacelle avec tente abritant des promeneurs; dames et gentilshommes. Rien de plus gracieux que cette composition où se révèle tout l'esprit du maître.

FRAGONARD (Honoré)

128 — Le Messager fidèle.

Bistre.

129 — L'Autel de l'Amour.

Gouache.

130 — Douceur et Brutalité.

Bistre.

131 — La Fuite en Égypte.

Plume et bistre.

132 — L'Escarpolette.

Gouache.

133 — Le Rendez-vous.

134 — La Prière à l'Amour.

Gouache

135 — La Fontaine.

Encre de Chine.

FRAGONARD. Genre de.

136 — Couple amoureux.

Pastel.

137 — L'Heureux Amant.

Dessin en couleur.

138 — Couple amoureux.

Dessin en couleur.

FRAGONARD. École de.

139 — Sapho inspirée par l'Amour.

FRAGONARD (Théophile)

140 — Bacchantes et Bacchants fêtant Priape.

Bistre.

FREUDEBERG

141 — Le Chasseur galant.

142 — Scène villageoise.

GAUDELET, 1845.

143 — Insectes.

GILLOT (Claude)

144 — Scènes de carnaval. Deux pendants.

A la plume et au lavis.

GOBERT

145 — Paysage.

Fixé provenant de la vente Williams Hope.

Gouache.

GORP (van)

146 — Jeune Femme préparant du linge.

Gouache.

147 — L'Heureuse Famille, intérieur.

Gouache.

GREUZE (Jean-Baptiste)

148 — La Comparaison.

Encre de Chine.

149 — Deux Têtes d'Hommes.

Crayon noir. Sanguine.

150 — Tête de petit Garçon.

Trois crayons.

151 — Tête de petit Garçon.

Sanguine.

152 — L'Amour sur son autel.

Crayon rouge.

153 — Tête de jeune Fille.

154 — Tête d'expression.

Pastel.

Cabinet Grevedon.

155 — Dessinateur dans son atelier.

Bistre

156 — Tête de jeune Fille.

Crayon rouge.

GREUZE (Jean-Baptiste)

157 — Tête de jeune Fille.

Contre épreuve. — Sanguine.

158 — Intérieur villageois.

A l'encre de Chine.

159 — Tête de petit Garçon.

Crayon rouge.

160 — Tête de petite Fille. Signé.

Sanguine.

GREUZE. D'après.

161 — Jeune Fille pleurant la mort de son oiseau.

Pastel.

GREUZE. Attribué à.

162 — Jeune Femme lisant.

Sanguine.

163 — Jeune Femme lisant.

Cabinet Des Essarts, ami de Greuze.

HEIM, 1818.

164 — Saint abbé lavant les pieds à un pèlerin.

Bistre.

HENNEQUIN

165 — Frise mythologique.

A la plume et à l'encre.

HERSOG

166 — Fleurs.

Aquarelle.

HOIN

167 — Prière à Vénus.

HUBERT (ROBERT)

168 — Ruines antiques.

En couleur.

169 — La Fontaine.

Id.

170 — Le Parc.

Id.

HUBERT (ROBERT). Attribué à.

171 — Dessinateur dans un parc.

Lavis en couleur.

HUET (J.-B.). Signé, 1787.

172 — Chien et Moutons.

En couleur.

HUET (Jean-Baptiste)

173 — Paysage et Animaux, pastorale.

Signé J. B. Huet, l'an v de la république.

Bistre.

174 — Couples amoureux.

Gouaches.

175 — Vénus et l'Amour.

Gouache.

176 — Les Petits Oiseaux.

Gouache.

177 — Paysage pastoral.

Gouache.

178 — Kakatoës perché.

Cabinet de la duchesse de Montebello.

179 — Paysage pastoral. Signé.

Deux crayons.

180 — L'Abreuvoir. Pendant du précédent. Signé.

181 — Tête de jeune Fille.

A plusieurs crayons.

LACROIX

182 — Entrée d'un port de mer.

Aquarelle.

183 — Paysage-Marine. Entrée de port.

Aquarelle.

LAJOUE (Jacques). Signé.

184 — Jeune Femme sortant du lit.

Gouache.

LANCRET (Nicolas)

185 — Pierrot et Colombine.

Sanguine.

186 — Deux Chasseurs.

Sanguine.

187 — Danse champêtre.

Aquarelle.

188 — Concert champêtre.

Aquarelle.

189 — Garde Française.

Sanguine.

LANCRET. D'après.

190 — Composition gravée sous le titre : « le Goulu. »
Intérieur, douze personnages.

Vélin.

LANTARA (Mathurin)

191 — Paysage.

192 — Soleil levant.

LANTARA (Mathurin)

193 — Paysage. Clair de lune.

Deux crayons.

194 — Le Château de Chambord.

Signé en toutes lettres.

195 — Paysage avec cours d'eau. Clair de lune.

Deux crayons.

LARGILLIÈRE (Nicolas)

196 — Portrait d'Antoine Coysevox, sculpteur.

Deux crayons.

LARUE

197 — Amours dressant un autel.

Plume.

198 — Le Triomphe de l'Amour.

Plume.

LATOUR

199 — Portrait de Voltaire.

Trois Crayons.

Vente Latour. Collection Gault de Saint-Germain.

LAWRENCE (Nicolas)

200 — Couple amoureux surpris.

Gouache.

201 — La Marchande de modes.

Gouache.

202 — L'Absence. Intérieur.

Gouache.

203 — Causerie dans un parc.

204 — Jeune Dame terminant sa toilette.

Vente du baron Silvestre.

205 — La Leçon de Chant et de Dessin. Intérieur.

Six figures. — Gouache.

206 — Le Départ pour le bal.

Gouache.

207 — Pensée d'amour.

Signé du monogramme.

Gouache.

208 — La Marchande de gants. (Voyage sentimental.)

209 — Causerie dans un parc.

Gouache.

LAWRENCE. Genre de.

210 — Jeune Femme lisant une lettre.

LEBRUN (Mme), née VIGÉE

211 — Portrait de Mme Lebrun.

En buste de trois quarts : à droite cheveux blonds et flottants, petit chapeau de paille orné de plumes ; elle tient une palette ; derrière elle est une toile esquissée.

LECLÈRE

212 — Louis XIV visitant la manufacture des Gobelins.

Gouache gravée.

LEGOUIX

213 — Paysage.

Plume et crayon.

LEMOINE (FRANÇOIS)

214 — Allégorie ayant trait à la naissance du dauphin Louis XVII.

Charmante gouache

215 — Frontispice.

Quatre compositions mythologiques représentant :

216 — Vénus et Adonis.

Gouache.

217 — Pan poursuivant Syrinx.

Gouache.

218 — Le Sommeil d'Endymion.

Gouache.

219 — Daphné changé en laurier.

Gouache

LÉPICIÉ (Nicolas-Bernard)

220 — Cour de Ferme.

Plume rehaussée.

221 — La Demande en mariage. Intérieur villageois.

Trois figures. — Crayon.

222 — Tête de jeune Garçon.

Pastel.

223 — Villageois assis.

En couleur.

LEPRINCE, le Vieux

224 — Lendemain de Noces en Russie.

Crayon rehaussé.

225 — La Fontaine.

Encre de Chine.

226 — Danse villageoise.

Encre de Chine.

227 — Divertissements russes.

En couleur.

228 — La Famille du Pêcheur.

En couleur.

229 — Paysans russes.

Aquarelle.

230 — Famille russe.

Aquarelle.

LERICHE

231 — Les Quatre Éléments, projet de panneaux.

> A la plume et au bistre.

LOO (van)

232 — Tête de jeune Femme.

> Pastel.

233 — Garde à vous!

> Pastel.

MACHY (de)

234 — Monuments et Édifice en ruines.

> Gouache.

MALECY

235 — Portrait du peintre Mallet.

> Trois crayons.

MALLET (Jean-Baptiste)

236 — Le Lever.

> Gouache.

237 — Le Coucher.

> Gouache.

238 — L'Heureuse Mère.

MALLET (Jean-Baptiste)

239 — Jeune Femme au bain.

Gouache.

240 — Le Pardon. Intérieur.

Œuvre capitale.

Gouache.

241 — La Chambre à coucher.

Gouache.

242 — Le Retour du bal.

Gouache.

MARIE d'Orléans (la princesse)

243 — Portrait de la reine Amélie.

Crayon.

244 — Portrait du prince de Salerne.

Crayon.

MATHIEU

245 — La Prière.

Aquarelle.

MOREAU (Louis)

246 — L'Entrée des Champs-Élysées en 1791.

247 — Paysage accidenté, avec rivière.

Gouache.

MOREAU (Louis)

248 — Le Jardin des Tuileries.

249 — Portrait de J.-B. L. Gresset, académicien.

A l'encre de Chine.

MOREAU, LE JEUNE.

250 — Magnifique Dessin original du Sacre de Louis XVI dans la cathédrale de Reims.

Gravé.

251 — Portrait d'une jeune Dame de l'époque de la révolution.

MONSIAU (André-Nicolas)

252 — Molière lisant son *Tartuffe* chez Ninon de l'Enclos.

253 — Molière faisant lire ses ouvrages par les demoiselles de Saint-Cyr.

Sujet gravé par Ancelin.

NATTIER (Marc)

254 — Tête de jeune Femme.

Pastel.

NICOLLE. Signé.

255 — Une Vue des Monuments antiques de Rome.

Aquarelle.

NICOLLE

256 — Un Cadre contenant cinq aquarelles : quatre Vues de
Monuments antiques romains; une autre, une Place de
Rome moderne.

257 — Dix-sept médaillons représentant les principales villes
de l'Italie.

Aquarelle.

258 — Vue des ruines du temple de la Concorde.

Aquarelle.

259 — Charmante gouache représentant une Vue de la Seine
et du Pont-Neuf.

Aquarelle.

260 — Ruines romaines.

Aquarelle.

261 — Ville italienne.

Aquarelle.

NICOLLE. Attribué à.

262 — Vue de l'Église Saint-Pierre, à Caen.

263 — L'Église de Bayeux.

NICOLLE. Genre de.

264 — Intérieur de Parc.

Aquarelle.

265 — Paysage avec Monuments antiques.

Fixé.

OLIVIER (Michel)

266 — Danse villageoise.

Gouache.

OUDRY (J. B.). Signé, 1742.

267 — Canards morts.

Pastel.

268 — Renard dans un paysage.

Pastel.

269 — La Partie de cartes. Intérieur. Personnages, avec têtes de singes.

Gouache.

270 — Chien couché et Héron.

271 — Les Singes jongleurs.

Gouache.

272 — Le Retour de la chasse.

Aquarelle.

PAJUS, 1772.

273 — Portrait de J. A. Martin.

Crayons.

PALMERIUS

274 — Environs de Rome.

        A l'encre de Chine.

PARMENTIER

275 — Paysage avec Moulin à eau.

        Crayon.

PAROCEL

276 — Une Chasse aux lions.

        Sanguine.

PERELLE (Nicolas)

277 — Charmant Paysage, avec Marche d'animaux.

        Belle gouache.

278 — Deux Paysages.

        A la plume et au bistre.

PERLIN, 1768.

279 — Les Grandes Eaux à Versailles.

        Gouache.

PERIGNON

280 — Fleurs.

        Aquarelle.

PERRIN, 1740

281 — Un Sacrifice.

Vélin.

282 — La Naissance de Jésus.

Vélin.

PIERRE. Signé.

283 — Famille villageoise.

Sanguine.

PILLEMANS (Jean)

284 — Quatre Paysages avec Chutes d'eau.

Deux crayons.

POUSSIN (Nicolas). Attribué à

285 — Ulysse reconnaissant Achille sous des habits de femme.

Plume et bistre.

PRUD'HON

286 — Dames assises.

Deux crayons.

287 — Trois têtes. Études.

Deux crayons.

PRUD'HON

288 — Femme nue. Étude académique.

Deux crayons.

289 — Homme nu. Étude académique.

Deux crayons.

QUEVERDO. Signé, 1771.

290 — Les Fiançailles.

Aquarelles.

RIGAUD

291 — Une Vue de la ville des Martigues, en Provence.

A la plume.

ROBERT (Hubert)

292 — Ruines antiques. Deux pendants.

A la plume et au bistre.

293 — Paysage avec rivière.

Gouache.

ROOS, de Francfort.

294 — L'Abreuvoir.

Deux crayons.

295 — Chèvres et Moutons au repos. Deux pendants.

Sanguines.

296 — Animaux gardés par un Pâtre.

Deux crayons.

SARASIN

297 — Paysages. Études. Deux pendants.

CHALLE

298 — Petite Dormeuse.

Pastel.

SWEBACK

299 — Halte militaire.

Aquarelle.

SWEBACK-DESFONTAINES

300 — Les Muletiers.

Deux crayons.

TAUNAY (Nicolas)

301 — Paysage avec Figures et Animaux.

Mine de plomb.

THIÉLEN (Philippe van)

302 — Canal hollandais. Clair de lune.

Gouache.

303 — Effet de neige et incendie.

Gouache.

303 bis — Paysage et effet de neige. Deux pendants.

Gouache.

VERNET (JOSEPH). Signé.

504 — Les Amants surpris.

A l'encre de Chine.

305 — Les Pêcheurs.

Plume et bistre.

VIDAL (LOUIS)

306 — Quatre Bouquets de fleurs.

Aquarelles.

307 — Fleurs et Oiseaux.

308 — Une Rose, des Raisins et un Nid d'oiseaux.

Aquarelle.

WAILLY

309 — Un Projet de plafond.

310 — Une Scène d'opéra.

Plume et bistre.

WATTEAU (ANTOINE)

311 — Deux études de Femmes.

Sanguine et crayon noir.

312 — Trois Personnages de la Comédie-Italienne.

Sanguine.

WATTEAU, de Lille.

313 — Gardes Françaises en bonne fortune.

Deux crayons.

314 — Le Duel après la Goguette.

WATTIER. D'après WATTEAU.

315 — Le Concert.

WÉROTTER. Signé.

316 — Deux Paysages.

Encre de Chine.

WÉRIX (JEAN), 1600.

317 — Diane découvrant la grossesse de Calysto.

Plume et bistre.

WILLE fils, 1779.

318 — Petit garçon à genoux.

Sanguine.

WILLE fils

319 — Tête de jeune Fille.

Crayon rouge.

WILLE fils

320 — Portrait du peintre Raoux.

Aquarelle.

321 — Tête de Vieillard.

A la plume et au bistre.

322 — Vieillard coiffé d'une toque.

A la plume et au bistre.

323 — Fête en l'honneur de la vieillesse.

324 — Jeune Femme caressant une colombe.

Signée, 1771. — Sanguine.

325 — L'Arracheur de dents.

Aquarelle.

326 — Le Marchand de chansons.

Aquarelle.

WILLE fils. Attribué à.

327 — Deux scènes villageoises.

WILLE père. Signé.

328 — Deux buveurs, une femme et un enfant.

Aquarelle.

ÉCOLE ITALIENNE

BIBIÉNA (Galli)

329 — Salle d'un riche palais.

A la plume et à l'encre.

CARRACHE (Louis)

330 — Invocation à la Vierge.

Bistre.

CARRACHE (Annibal)

331 — L'Extase de saint François.

Bistre.

CARRACHE. D'après.

332 — Le Triomphe de Galathée.

bistre.

CANALLETTI. Genre de

333 — Vue du grand Canal et du Palais des doges, à Venise.

Gouache.

GIORDANO (Luca)

334 — Bacchus et Ariane.

A la plume et à l'encre de Chine.

GUARDY. Genre de

335 — Deux vues des environs de Venise.

GUIDO (Reni). D'après

336 — Sainte Catherine.

Pastel.

LAURENTY

337 — Paysage avec Animaux.

Deux crayons.

MARATTI (Carlo)

338 — Le Sommeil de Jésus.

Crayon rouge.

PHILIPPE (Napolitain)

339 — Bataille.

A la plume et au bistre.

RAPHAEL. D'après

340 — Le Massacre des Innocents.

Miniature sur vélin.

ROSA (Salvator)

341 — Jupiter foudroyant les Titans.

Bistre.

TIÉPOLO (Dominique)

342 — La Ménagerie.

Bistre et sepia.

343 — Hommes cherchant à surprendre des lions.

Bistre et sepia.

344 — Projet de Bas-Relief.

A la plume et au bistre.

345 — Sainte Famille.

Au bistre.

TITIEN. D'après

346 — Danaé et Jupiter.

Vélin.

347 — Vénus couchée.

Vélin.

348 — Vénus et l'Amour.

Vélin.

TREVISANI (Ange)

349 — La Circoncision.

A la plume.

VÉRONÈSE (P.). Attribué à

350 — La Madeleine aux pieds de Jésus.

Bistre.

VITELLI (van)

351 — Une Place de Rome.

Gouache.

352 — Vue de Rome et du Fort Saint-Ange.

Gouache.

353 — Place publique à Rome.

Gouache.

———

ÉCOLES

HOLLANDAISE, FLAMANDE & ALLEMANDE

BOTH (Jean)

354 — Paysage avec Muletiers.

A la plume.

BREUGHEL (de Velours)

355 — La Conversion de saint Paul.

Vélin.

BERCHEM. Attribué à

356 — Paysage avec figures.

Lavis.

BRY (Théodore de). D'après

357 — Le Triomphe de Bacchus.

A la plume et à l'encre de Chine

DIÉTRICH

358 — L'Aumône.

Bistre.

DOW (Gérard). Genre de

359 — Ménagère hollandaise.

Couleur.

DYCK (Antoine Van). D'après

360 — Le Mariage mystique de sainte Catherine.

Aquarelle.

DYCK (A. van). Attribué à

361 — L'Adoration des Bergers.

Bistre rehaussé.

GOLDEZIUS. Genre de

362 — Les Amours de Mars et de Vénus.

Vélin.

GRIFF (Adrien)

363 — Gibier mort.

Aquarelle.

HUYSUM (Jean van)

364 — Bouquet de Fleurs.

Beau dessin à l'encre de Chine.

JORDAENS (Jacques)

365 — Faunesse allaitant ses Enfants.

Crayon.

LEYDE (Lucas de). Attribué à

366 — Les Apprêts de la mise au Tombeau.
Cabinet de M. Queteville.

METZU (Gabriel). Attribué à

367 — Dame hollandaise faisant l'aumône à un petit Garçon.

Aquarelle.

MIÉRIS (Guillaume)

368 — Vénus au bain.

Vélin.

369 — L'Adoration des Bergers.

¡RUBENS. D'après

370 — Les Trois Grâces.

Miniature sur vélin.

SNEYERS

371 — Choc de cavalerie au milieu d'une campagne couverte
de neige.

URIKEMBERG

372 — L'Artiste peignant un tableau.

Aquarelle avec deux lettres de l'auteur.

TENIERS (David). École de

373 — Intérieur flamand.

Aquarelle.

TENIERS. Genre de

374 — Buveurs attablés à la porte d'une auberge.

ÉCOLE FLAMANDE

375 — Dame villageoise.

En couleur.

ÉCOLE ALLEMANDE

376 — Souverains allemands.

Vélin.

ÉCOLE ITALIENNE

377 — La Vierge et Jésus.

378 — Saint Jean écrivant son Évangile.

Vélin.

ANCIENNE ÉCOLE FRANÇAISE

379 — Portrait de Pierre de Pon, écuyer et tapissier du roi
Louis XIII.

380 — Portrait présumé de Henri II.

Vélin.

ÉCOLE FRANÇAISE. Signé J. V.

381 — La Serre chaude de M. Saint-James, à Neuilly.

Plume et bistre.

ÉCOLE FRANÇAISE

382 — Portrait d'Homme en buste.

Crayons rehaussés.

383 — Débarquement de Louis XVIII. (1814.)

A la plume et à l'encre.

384 — Allégorie ayant trait à l'armement du vaisseau *la Comtesse du Barry*, en 1772.

Gouache.

385 — Sacrifice à l'Amour. Deux pendants.

386 — La Construction de la Colonnade du Louvre.

A l'encre de Chine.

4

INCONNUS

387 — La Chambre à coucher.

Pastel.

388 — Intérieur villageois.

Gouache.

389 — Sainte en prière.

Gouache.

390 — Portrait de l'abbé de l'Épée.

Mine de plomb.

391 — Palais de l'ancienne Grèce.

Aquarelle.

392 — Trois Personnages sur le bord de la mer.

Gouache.

393 — Cadre contenant cinq Têtes d'Hommes, par DE BOIS-
SIEU, et une Tête de Femme, par BOUCHER.

394 — Cadre contenant trois Dessins : un par J.-B. OUDRY ;
— un autre par LEPRINCE ; — un autre par PAROCEL.

395 — Sous ce numéro, grand nombre de Dessins non cata-
logués.

RED. :

19

graphicom

0 1 2 3 4 5 6 7 8 9 10

BIBLIOTHEQUE
NATIONALE
DE FRANCE
****

CHATEAU
DE
SABLE
1995

www.ingramcontent.com/pod-product-compliance
Ingram Content Group UK Ltd.
Pitfield, Milton Keynes, MK11 3LW, UK
UKHW022122170726
13837UKWH00003B/1306